Julia
et le premier cauchemar

texte de Christiane Duchesne
illustrations de Marie-Louise Gay

Julia
et le premier
cauchemar

Les Éditions du Boréal remercient le Conseil des Arts du Canada ainsi que le ministère du Patrimoine canadien et la SODEC pour leur soutien financier.

Les Éditions du Boréal bénéficient également du Programme de crédit d'impôt pour l'édition de livres du Gouvernement du Québec.

© 2001 Les Éditions du Boréal
Dépôt légal : 4ᵉ trimestre 2001
Bibliothèque nationale du Québec

Diffusion au Canada : Dimedia
Distribution et diffusion en Europe : Les Éditions du Seuil

Données de catalogage avant publication (Canada)
Duchesne, Christiane, 1949-

    Julia et le premier cauchemar

    (Boréal Maboul)

    (Les Nuits et les Jours de Julia ; 4)

    Pour enfants de 6 à 8 ans.

    ISBN 2-7646-134-4

    I. Gay, Marie-Louise. II. Titre. III. Collection. IV. Collection : Duchesne, Christiane, 1949-   . Les Nuits et les Jours de Julia ; 4.

PS8557.U265J846   2001   jC843'.54   C2001-941303-3
PS9557.U265J846   2001
PZ23.D82Ju   2001

1

Aujourd'hui, l'hiver est triste. Pas de neige, rien qu'une pluie très froide qui gèle tout ce qu'elle touche. Pas de lumière, rien que du gris très gris. À l'école, c'était triste. À la maison, les frères de Julia étaient tristes, et le souper l'était aussi. Lorsque Julia s'est couchée ce soir, elle avait le cœur brouillé. Cela ne lui arrive presque jamais. Même les baisers de son papa, même les tendresses de sa maman, rien n'a réussi à lui éclaircir le cœur.

Julia s'est couchée. Elle a fini par s'endormir. Elle s'est réveillée, puis s'est levée pour aller boire un tout petit verre d'eau, s'est rendormie, s'est réveillée encore une fois.

Il est presque minuit. La pluie froide tombe toujours, fabrique des enveloppes de glace à toutes les branches des arbres. Il est presque minuit quand Julia dort enfin. Elle

rêve doucement pendant que ses quatre-vingt-quatre fantômes sans pieds dorment à poings fermés sur le tapis bleu, enveloppés dans leurs petites couvertures.

Au moment où, loin dans la maison, sonne le premier des douze coups de minuit, Julia sent qu'on la tire par les pieds.

— Laissez-moi, petits coquins, je dors, marmonne-t-elle dans son sommeil.

Julia remue les pieds et se retourne dans son lit.

— Dormez, petits fantômes ! marmonne-t-elle encore. Ce n'est pas l'heure de jouer.

— Oh non ! dit une voix affreusement grinçante. Ce n'est pas l'heure de jouer ! Pas du tout l'heure de jouer ! Tu viens avec moi sans discuter !

2

Julia ouvre les yeux et aperçoit devant elle une dame, petite et grosse, vêtue de voiles verts, coiffée d'un grand chapeau pointu, vert aussi.

— Qu'est-ce que vous faites ? crie Julia. Lâchez-moi !

La grosse petite dame serre les dents et la tire encore plus fort par les pieds. Julia se cramponne à son édredon et attrape le chien Chien par l'oreille. Sur le mur, la veilleuse rose dessine l'ombre de la dame, grosse et ronde comme un gros ballon.

— Silence ! Toi, au moins tu as des pieds ! Pas comme ces petits tas de tissu mou qui ronflent par terre !

Julia voudrait répondre : « Des petits tas de tissu mou ! Soyez polie envers mes fantômes. » Mais la dame lui tire les pieds beaucoup trop fort. Et ça fait mal.

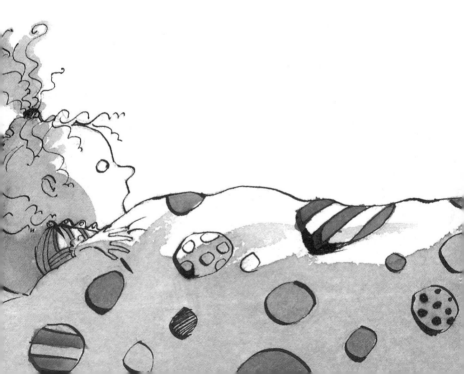

— Tu vas voir, ma fille ! dit la dame en vert. Tu vas voir ! C'est tout un honneur que nous te réservons. Notre prince sera ravi !

La grosse dame verte lui tire tant les pieds que Julia s'étire, devient longue, longue et plate, longue et molle comme un ruban. Julia ressemble à un tapis en forme de petite fille, un tapis mou, beaucoup trop mou. Elle

ne peut plus faire un geste, arrive à peine à refermer ses doigts, minces comme des feuilles de papier.

La dame en vert la fait glisser au bas du lit. De la main droite, Julia s'accroche comme elle le peut au chien Chien. De la gauche, elle serre tant bien que mal le coin de son édredon. La grosse petite dame ouvre la porte de la chambre, regarde à

gauche et à droite, et sort dans le couloir.
Elle traîne derrière elle une Julia maintenant
longue de plus de trois
mètres, le chien
Chien dans une
main. L'édredon suit,
comme la traîne d'une
princesse le jour de
son mariage.

Julia traverse ainsi toute la maison, glissant sur le plancher comme un vieux drap, toujours tirée par l'étrange grosse dame. Julia espère que quelqu'un se réveillera, que son père et sa mère entendront le froissement de son corps tout plat sur le plancher. Elle souhaite que son petit frère se lève pour courir dans le lit des parents, que Momo se fâche, que quelqu'un puisse la voir! Elle

voudrait crier « Au secours ! », hurler plus fort que tout. « Venez me délivrer, faites quelque chose, je me fais kidnapper par une grosse dame verte. Au secours ! » Mais pas un son n'arrive à sortir de son corps aplati.

Juste avant de sortir de la maison, la grosse petite dame se retourne brusquement, observe un moment la très longue Julia en forme de ruban, son édredon traînant toujours derrière elle.

— Ce serait beaucoup plus simple de ramasser tout cela et d'en faire un petit paquet bien ficelé, déclare la grosse dame.

Elle roule la très longue Julia en boule autour du chien Chien, les enveloppe tous les deux dans l'édredon et les emporte sur son épaule.

— Où allons-nous ? arrive à crier Julia de l'intérieur de ce curieux baluchon.

— Tu le sauras bien assez vite ! répond la grosse petite dame en refermant la porte de la maison.

3

Dehors, c'est l'hiver de glace, le vent déchaîné, le froid qui pique et la pluie qui gèle à mesure qu'elle tombe.

— Heureusement, dit Julia, qu'elle nous a enveloppés dans l'édredon, sinon nous serions morts de froid, mon chien.

La grosse petite dame chante en marchant d'un bon pas, elle chantonne d'abord, puis elle chante de plus en plus fort, comme si personne ne pouvait l'entendre. Le froid traverse l'édredon et transperce la pauvre Julia, tellement étirée, tellement mince qu'elle grelotte déjà au bout de deux mi-nutes.

— Chien, dit-elle tout à coup, Chien, écoute-moi bien. Je crois qu'il est très pos-sible que le chef des Pois me soit apparu une nuit. Je crois qu'il est très possible que quatre-vingt-quatre petits fantômes habi-tent ma chambre toutes les nuits. Je crois qu'il est aussi très possible que monsieur Filke ait essayé de me voler mes rêves. Mais il est absolument impossible que je sois maintenant aussi mince qu'un tapis, roulée en boule comme un vieux vêtement, embal-lée dans mon édredon avec toi, dehors dans la rue, en plein hiver, trimballée sur le dos d'une grosse petite dame verte. Chien, nous sommes en plein cauchemar !

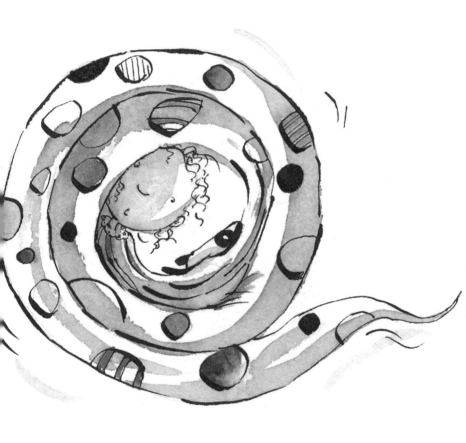

La dame en vert chante encore plus fort, et sa voix s'éraille dans les hautes notes.

— Je crois, répète Julia à son chien, que nous sommes tous les deux pris dans un effroyable cauchemar…

À ce moment même, la dame en vert éclate de rire. Même à travers l'édredon, le rire de la grosse dame crève les tympans de Julia.

— Oh, mon chien Chien ! dit encore Julia. Qu'allons-nous devenir ?

Comme si elle avait entendu la question, la dame en vert dépose son baluchon, l'ouvre et déroule Julia, exactement comme s'il s'agissait d'un tapis en forme de petite fille. Julia regarde autour d'elle : elle est au milieu d'une forêt, une forêt sans issue comme dans les contes qui font peur, une forêt avec des arbres trop noirs, pas de lune, des ombres effrayantes et des nuages menaçants.

— Et maintenant, dit la grosse dame de sa voix grinçante, nous allons pouvoir danser.

« Danser ? se dit Julia. Qui va danser, et où ? »

C'est alors qu'elle découvre, sortant ici et là de la nuit profonde, deux, trois puis cinq grosses petites dames vêtues de voiles gris, portant elles aussi un grand chapeau pointu. Les petites dames ridicules ricanent nerveusement, se cachant la bouche derrière leurs voiles.

— Oh ! Chère Murchine ! font-elles

d'une même voix. Vous avez le tapis ! Il est magnifique ! Avez-vous aussi ramené le prince ?

« Murchine ? se dit Julia. Quel affreux nom ! »

— Malheureusement non, déclare la grosse Murchine d'une voix bourrue. Il me reste à trouver le prince. Mais ce ne sera pas long. Ne vous en faites pas, nous danserons. Oui, nous danserons avec notre prince ! Et sur ce merveilleux tapis en forme de petite fille, il ne saura pas nous résister et nous confiera toute sa fortune ! Nous serons riches, mes sœurs, riches, riches, riches !

4

Julia écoute attentivement la conversation entre la dame verte et les dames grises. « Elles sont folles ! se dit-elle. J'ai été transformée en tapis pour qu'elles puissent danser sur moi ! J'ai été transformée en tapis pour qu'elles fassent une danse qui convaincra un prince de leur donner tous ses sous ! C'est une histoire de fou ! Chien, je te l'ai dit, nous sommes en plein cauchemar. Il faut sortir d'ici ! » Si au moins Julia pouvait toucher un pois de l'édredon. Mais l'édredon, la grosse dame l'a jeté trop loin, là-bas.

Pendant que la dame verte repart à la recherche de son prince fortuné, les grosses petites dames grises tournent autour de Julia et l'admirent.

— Un tapis en forme de petite fille ! dit l'une.

— N'est-ce pas merveilleux ? dit une autre.

— Notre fée verte est trop bonne pour nous, dit la troisième.

« Une fée ? s'étonne Julia. Cette grosse petite dame à la voix grinçante est une fée ? »

— Chien, il faut absolument faire quelque chose ! chuchote-t-elle à l'oreille de la pauvre bête. Tu m'entends ? Si au moins tu pouvais parler, si au moins tu pouvais marcher, si tu pouvais piétiner l'édredon, appuyer sur les pois invisibles et faire venir le chef des Pois… Il nous faut sortir de ce cauchemar !

En attendant la fée verte et son prince, les grosses petites dames grises décident de danser un peu pour se faire les pieds et retrouver leur élégance. Quand la première pose son pied chaussé de petites bottines à talons fins sur le nez de Julia, on entend un énorme pouët.

— Quelle horreur ! s'écrie la grosse petite dame. Mais quelle horreur ! On dirait un gros… un grand… une sorte de… Oh ! Que dira le prince si nous dansons en produisant des sons pareils !

— Tu n'as pas la manière ! dit la deuxième, impatiente.

A son tour, elle pose le pied sur le bras de Julia et le même affreux pouêt se fait entendre.

Les talons de leurs fines bottines font très mal à Julia. Pouêt, pouêt, pouêt, pouêt, pouêt. Les cinq grosses petites dames essaient encore de danser sur le tapis en forme de petite fille, et ce sont dix talons de fines bottines qui piétinent le corps aplati de Julia.

— Au secours ! hurle-t-elle enfin. Au se-

cours ! Vous me faites trop mal ! Au se-
cooooours !

Mais les dames ne l'entendent pas, seuls
les pouêt parviennent à leurs oreilles.

— Vous avez raison, quelle horreur !
s'écrie la plus grosse des petites dames. Il
faut nous débarrasser de cet affreux tapis,
sinon le prince se moquera de nous !

— Mais que dira notre fée verte ? dit la
seconde.

— Nous n'avons pas le choix ! dit la troisième. Il faut faire disparaître ce tapis, et sans

délai. A-t-on déjà vu un tapis faire d'aussi horribles sons ? Coupons-le en petits morceaux.

— Jetons-le plutôt à la rivière ! suggère la cinquième.

— Je préférerais qu'on le brûle ! dit la quatrième qui ne parle pas beaucoup.

— Non, nous le déchirerons en lanières, puis…

Les cinq petites dames tirent sur Julia de tous côtés. L'une brandit de grands ciseaux, l'autre frotte une allumette. Tout à coup retentit un hurlement de rage :

— Que faites-vous, folles ! crie la fée verte. Vous n'avez pas le droit ! Rendez-moi mon tapis, ne le brûlez pas, ne le déchirez pas !

Mais les cinq grosses petites dames n'entendent plus. Elle tirent, elle tapent, elle veulent à tout prix faire disparaître cet affreux tapis en forme de petite fille, qui fait pouêt dès qu'on pose le pied dessus. Un terrible pouuuuuuuuuuuuêt…

5

Puis c'est le silence. Tout à coup, plus de petites et grosses dames, ni vertes ni grises, plus de Julia en forme de tapis, mais la chaleur du lit, la douceur du chien Chien, et les ombres calmes que dessine sur le mur la lumière de la veilleuse rose.

Au pied du lit de Julia se tient, très droit, Brouquelin de Jaspe, le chef des Pois. Autour du lit de Julia, les quatre-vingt-quatre petits fantômes se balancent paisiblement. Et au fond de la chambre, un peu timide, monsieur Filke, dont la tête touche presque au plafond.

Julia ne bouge pas. Le chien Chien la regarde de ses beaux yeux de verre. L'édredon est roulé en boule au milieu du lit. Où sont passées les grosses petites dames ? Où est donc la fée verte ?

— Sauvée ! Nous l'avons sauvée ! s'exclame enfin le chef des Pois. Oh, ma petite ! Avez-vous eu très peur ?

— J'ai surtout eu très mal, répond Julia d'une voix fatiguée. C'était un cauchemar, n'est-ce pas ? C'est bien un cauchemar que j'ai fait ?

— Oui, c'était un terrible cauchemar, confirme le chef des Pois.

— C'est le premier de toute ma vie, confie Julia. Une fée verte est arrivée dans ma chambre, elle m'a tirée par les pieds…

— Nous le savons. Nous savons tout, disent trois petits fantômes.

— Comment avez-vous fait ? demande Julia. Comment avez-vous réussi à me sortir de là ?

— Votre sauvetage, nous le devons à ce bon monsieur Filke…, commence Brouquelin de Jaspe.

— Expliquez-moi, monsieur Filke, je ne comprends rien, dit Julia, mais rien du tout.

Le grand homme s'avance lentement, souriant gentiment à Julia.

« Il s'est lavé les dents, elles sont vraiment moins jaunes », remarque Julia, et cela la fait rire un peu.

— Ma petite Julia, il faut que je te dise… Depuis que je ne vole plus les rêves des gens, je m'ennuie un petit peu. Oh ! un tout petit peu. Mais la vie est tout de même un peu fade. Il y manque le petit danger piquant qui la rend tellement plus drôle.

— Vous faites de bons rêves, au moins ? demande Julia.

— Oh oui, je rêve bien, je rêve beaucoup. C'est un délice, dit monsieur Filke. Mais il y a de longs moments, la nuit, où je n'arrive pas à dormir. Alors, je me faufile encore quelquefois, comme avant, dans les nuits des gens…

— Vous n'avez tout de même pas recommencé à voler les rêves ? fait Julia, fâchée. Vous savez ce que c'est, monsieur Filke ! Une petite bouchée de rêve par-ci, une petite bouchée de rêve par-là, et on recommence !

— Non, non ! s'écrie le grand homme. Jamais je n'ai volé d'autres rêves. Mais j'ai commencé à voler des cauchemars… C'est

trop bête de voir les gens faire des cauchemars. C'est terrible, on a peur, on s'éveille le
cœur battant.

— Vous volez les cauchemars…, murmure Julia. Je commence à comprendre.

6

Brouquelin de Jaspe se dresse de toute sa petite taille et reprend la parole.

— C'est ainsi, dit-il, que notre bon monsieur Filke, passant de maison en maison, s'est arrêté pour vous faire une petite visite. Et lorsqu'il a vu les fantômes couchés au pied du lit, dormant calmement, tout seuls dans la chambre, il s'est inquiété.

— Imaginez, dit monsieur Filke. Il était minuit, le vrai milieu de la nuit ! Pas de Julia, pas d'édredon, pas de chien Chien, et une odeur atroce. J'ai tout de suite eu très peur et je suis parti à la chasse au cauchemar !

— Et vous m'avez trouvée, piétinée par les grosses petites dames, dit Julia.

— Personne ne sait ce qui aurait pu arriver ! s'exclame un petit fantôme. Elles auraient pu faire de vous n'importe quoi ! Nous aurions pu ne jamais vous revoir…

— On ne revient pas des cauchemars ? demande Julia, très inquiète.

— Oh là ! fait le chef des Pois. On revient toujours d'un cauchemar, comme d'un rêve. Ne nous énervons pas. Mais il vaut mieux en revenir rapidement et, grâce à monsieur Filke…

Julia regarde tout ce monde autour d'elle. Heureusement qu'ils veillent tous sur ses nuits. Entre le mur et le rideau, par le chemin des fantômes, se glisse soudain un large rayon de lune. La veilleuse rose dessine sur le mur l'ombre géante de monsieur Filke et la silhouette de chevalier du chef des Pois, bien drapé dans sa longue cape. L'ombre des fantômes ne se dessine nulle part, puisque tout passe à travers eux. Mais la lumière blanche de leurs petites robes flotte sur le lit de Julia.

— Je voudrais ne plus jamais faire de cauchemar, déclare Julia.

Le chef des Pois la regarde tendrement.

— Je voudrais bien que ce soit ainsi, mais malheureusement je ne possède aucun pois contre les cauchemars. Il existe peut-être des recettes ?

— Nous, dit le chef des fantômes, nous n'y connaissons rien, car nous ne rêvons pas. Pas de rêves, pas de cauchemars. Nous aimerions pourtant bien rêver un peu…

— Moi, dit solennellement monsieur Filke, je travaille très fort à mettre au point une recette anticauchemars. Il me faudra peut-être des années, mais je suis convaincu de pouvoir y arriver un jour. Seras-tu trop grande, Julia ?

— Je vous attendrai, monsieur Filke. Il sera toujours temps d'éliminer les cauchemars… On peut en faire même quand on est grand ? demande-t-elle encore.

— Il n'y a pas d'âge pour les cauchemars. Malheureusement. Oui, c'est très malheureux, répond le chef des Pois.

Doucement, dans la lumière de la veilleuse rose, les quatre-vingt-quatre fantômes viennent chacun à leur tour poser un baiser sur le front de Julia. Monsieur Filke et le chef des Pois remontent l'édredon jusque sous le cou de Julia. Elle ferme les yeux en serrant contre elle le chien Chien et leur murmure : « Bonne nuit… »

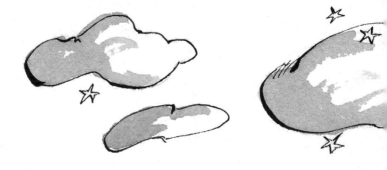

— Monsieur Filke, ajoute-t-elle, presque endormie, j'espère que vous les jetez tous, les cauchemars que vous volez… Jurez-moi que vous les jetez ! Je ne veux plus jamais revoir ces horribles petites grosses dames.

— Je les passe à la moulinette, je les réduis en bouillie, je les fais fondre, il y a toutes sortes de manières, mademoiselle Julia, dit monsieur Filke avant que Julia soit tout à fait endormie.

Lorsque les fantômes s'enroulent dans leurs petites couvertures, quand monsieur Filke et le chef des Pois se font un dernier clin d'œil avant de disparaître, Julia dort déjà, et le sourire qui se dessine sur ses lèvres montre bien que les cauchemars ne flottent plus dans l'air.

C'est quoi, Maboul ?

Quand tu commences à lire, c'est parfois difficile.

Avec **Boréal Maboul,** ça devient facile.

- Tu choisis les séries qui te plaisent.
- Tu retrouves tes héros favoris.
- Les histoires sont captivantes.
- Les chapitres sont courts.
- Les mots et les phrases sont simples.
- Les illustrations t'aident à bien comprendre l'histoire.

Les Éditions du Boréal
4447, rue Saint-Denis
Montréal (Québec) H2J 2L2
www.editionsboreal.qc.ca

MISE EN PAGES ET TYPOGRAPHIE :
LES ÉDITIONS DU BORÉAL

ACHEVÉ D'IMPRIMER EN OCTOBRE 2001
SUR LES PRESSES DE TRANSCONTINENTAL IMPRESSION
IMPRIMERIE MÉTROLITHO, À SHERBROOKE (QUÉBEC).